Walfrido Menezes

nem sorrindo,
    nem chorando,
        sempre sozinho.

Copyright © 2020 by Editora Letramento
Copyright © 2020 by Walfrido Menezes

DIRETOR EDITORIAL | Gustavo Abreu
DIRETOR ADMINISTRATIVO | Júnior Gaudereto
DIRETOR FINANCEIRO | Cláudio Macedo
LOGÍSTICA | Vinícius Santiago
COMUNICAÇÃO E MARKETING | Giulia Staar
EDITORA | Laura Brand
ASSISTENTE EDITORIAL | Carolina Fonseca
DESIGNER EDITORIAL | Gustavo Zeferino e Luís Otávio Ferreira
CAPA | Sergio Ricardo
REVISÃO | LiteraturaBr Editorial
DIAGRAMAÇÃO | Renata Oliveira

Todos os direitos reservados.
Não é permitida a reprodução desta obra sem
aprovação do Grupo Editorial Letramento.

Dados Internacionais de Catalogação na Publicação (CIP) de acordo com ISBD

M543n	Menezes, Walfrido
	Nem sorrindo, nem chorando, sempre sozinho / Walfrido Menezes. - Belo Horizonte, MG : Letramento, 2020.
	70 p. ; 14cm x 21cm.
	ISBN: 978-65-86025-67-5
	1. Literatura brasileira. I. Título.
2020-2844	CDD 869.8992
	CDU 821.134.3(81)

Elaborado por Vagner Rodolfo da Silva - CRB-8/9410

Índice para catálogo sistemático:
1. Literatura brasileira 869.8992
2. Literatura brasileira 821.134.3(81)

Belo Horizonte - MG
Rua Magnólia, 1086
Bairro Caiçara
CEP 30770-020
Fone 31 3327-5771
contato@editoraletramento.com.br
editoraletramento.com.br
casadodireito.com

SUMÁRIO

Apresentação 5

Prefácio 7

a dança da saudade 11

retrato de parede 15

superproteção 17

relação íntima 19

desafio 21

espaços 23

miséria 25

a chegada 27

cachinhos dourados 29

domingo 31

o que parecia ser, mas não era 33

uma noite cinza escura 37

as aventuras do menino 41

encontros e desencontros na calada da noite 45

distorções 47

o neto 49

quisera 51

reflexões do cotidiano (finitude) 53

adeus meninas... 57

descompassos 59

clube das pás 61

momentos 63

nem sorrindo, nem chorando, sempre sozinho 67

Apresentação

Fazer a apresentação deste livro de contos de meu grande amigo Walfrido é uma honra e uma responsabilidade muito grande.

Conheci Walfrido pessoalmente há uns 15 ou vinte anos, atrás em Recife, um momento tenso. Ele era o coordenador de um Curso de Psicologia, na época o Curso viria a passar por um processo impactante em função do novo modo de operar da organização. Iria mudar muita coisa nos diversos cursos incluindo a Psicologia. Tivemos uma reunião, nesta reunião discutimos e planejávamos o futuro do Curso de Psicologia. Nossa reunião foi menos tensa que de vários colegas. Depois teve-se uma reunião com os docentes do curso, ali ficou claro o carisma e liderança que Walfrido tinha com o corpo docente. Tínhamos pontos discordantes é claro, mas a forma que tratamos estas questões também me apresentaram a maneira de lidar com o diferente de Walfrido, maneira simples, honesta, conciliadora e alegre.

Um ponto interessante de Walfrido é sua relação próxima com as pessoas. Seu contato com os discentes era tão interessante que realizava com os alunos diversas viagens científicas culturais, normalmente acompanhado de outro grande amigo – Fernando.

A parti daí, começamos uma estreita amizade. Walfrido consegue se encantar com uma jabuticabeira florida e lutar por justiça para os idosos além de outras lutas.

Walfrido é psicólogo atuante, com forte formação teórica e com grandes questões sociais, preocupação esta que possivelmente o levou a realizar seu mestrado e doutorado em Serviço Social.

Walfrido, esposo, pai e avó também é um artista, roteirista, ator e escritor.

Ao longo desse livro de contos versa sobre temas da vida e de sua vida. Das experiências da vida. Escreve com leveza nos fazendo transportar para a situação e refletir na vida e na nossa vida. No primeiro conto, um psicólogo que dá uma dica de sexualidade no processo de amadurecimento humano demonstrando sua preocupação com o aprendizado sobre sexualidade no amadurecimento. No conto Desafio nos leva a pensar sobre a alegria de viver diante dos desafios de viver. Fala também do vazio e do silêncio tão necessário e presente na vida. Fala com leveza da saudade, dos filhos e de Paris; afinal sempre teremos Paris. Fala de noite cinzas, fala de luz, fala de dúvidas, mas também de certezas, fala de envelhecer, mas também da juventude, fala da solidão e de estar bem apesar de só. Fala de ser filho, pai e avó. Fala do que passou e do que é eterno e de momentos.

Ler um livro é viajar acompanhado das lembranças do autor e das nossas. Ler um livro é se "ler" e "ler" o autor e seu cenário e sua época. Os contos ora concretos ora abstratos nos põe a imaginar sobre a vida e suas dimensões.

Agora, depois dessa singela apresentação para você saber de verdade quem é Walfrido Menezes, leia o livro sorrindo ou chorando, mas sozinho (ou não) e tire suas próprias conclusões.

Luis Antônio Monteiro Campos

Psicólogo/Coordenador do Mestrado em Psicologia
– UCP / Coordenador do Curso de Graduação-
UNILASALLE / Professor PUC-Rio

Prefácio

> Sei que a minha poesia é atravessada, desde o primeiro livro, por seres humanos. Mais especialmente por aqueles que moram debaixo do chapéu, porque não têm casa. Mais especialmente por andarilhos e por loucos de água e estandarte. E ainda mais por pessoas que moram no abandono da sociedade (Manoel de Barros, entrevista à Folha de São Paulo, 2001).

Essas palavras, de Manoel de Barros, ditas há quase duas décadas, me vieram à mente enquanto lia os contos aqui apresentados pelo meu amigo de longas datas, Walfrido Menezes. Sempre inquieto diante das desigualdades sociais e instigado a pensá-las sob o prisma do inconformismo e da mudança social, ao tempo em que também se atem ao cotidiano, o autor conta histórias vividas, lembradas, inventadas, ouvidas e narradas, com leveza e profundidade.

Nesta obra, que mistura fatos com doses de imaginação, encontramos registros do cotidiano, das coisas pequenas que o atravessam, mas também rupturas, encontros, desencontros e reencontros que movem a vida, a redirecionam e a fazem pulsar. O autor fala de paixões e afetos, amor e amizade, encantos e desencantos, preocupações miúdas e corriqueiras com a vida do dia a dia: alegrias, dores, conflitos, cansaços, desgastes, descobertas, relações intensas, encontros fortuitos, correria contra o tempo, luta pela sobrevivência, criação dos filhos, o ré encanto da vida que os netos trazem. Ao lado dessa dimensão tão pessoal e singular do cotidiano, também aborda temas instigantes que desafiam profissionais e especialistas, alguns dos quais objetos de seu trabalho como psicólogo, pesquisador e professor: a sexualidade dos idosos, a gravidez na adolescência, a doença e a morte, a solidão e a finitude, a adolescência, a miséria e a fome, pessoas e famílias em situação de rua, os desempregados, as transformações da cidade. Desse ponto de vista, mescla, numa alquimia que lhe é muito própria, pessoa e sociedade, micro e macro política, a casa e a rua, a família, os amigos e o trabalho, infância e envelhecimento, o estranho e o familiar, o perto e o longe, o tempo e a natureza, a vida interiorana e nas cidades que adotou, Recife e Olinda, com suas festas, seu Carnaval, suas ruas e ladeiras, seu frevo, sua música e poesia, lugares emblemáticos e carregados de afeto, alguns personagens marcantes e muitas pessoas comuns, como somos.

Creio que muitos de nós nos encontraremos nas histórias desse livro, que fala de percursos e trajetórias de vida e que vão se desenrolando sem direção cronológica, num movimento de idas e vindas, como se fossem ondas do mar. De fato, o encontro ou identificação entre autor e leitor é um grande prazer para quem escreve e para quem lê. Aqui reviveremos memórias de infância, descobertas de adolescentes, paixões da juventude, desafios da vida adulta, belezas, (re)descobertas e perdas da velhice, contadas às vezes com humor, outras com dor, outras tantas com surpresa, com naturalidade ou como diz o título da obra, "nem sorrindo, nem chorando".

Confesso que "sempre sozinho" me causou, à princípio, estranhamento, porque Walfrido sempre foi uma pessoa gregária, que soube e sabe reunir muitos em torno de si, dos problemas que enfrentamos e de questões que nos inquietam. Depois, à medida que avancei na leitura, passei a pensar, sentir e refletir sobre essa condição tão própria da existência humana, que é a solidão. Caberá ao leitor fazer suas próprias reflexões diante desse tema que é tabu: dele não se quer falar e finge-se não existir. Por isso, saúdo a coragem do seu autor, em deixá-lo explícito. A solidão é uma experiência da qual não podemos escapar, sobretudo quando o envelhecimento se aproxima, quando os filhos deixam a casa, quando nos separamos de nossos companheiros ou companheiras, quando chegamos à aposentadoria, quando perdemos pessoas queridas, quando se muda de cidade, quando adoecemos e, sobretudo, quando em diferentes tempos da vida e lugares do mundo, em meio a tantos, vivemos a condição de estarmos ou sermos sós. Entretanto, também podemos fazer disso experiência, vida, acolhida, reinvenção. Creio que é essa, entre outras, a mensagem deste livro.

Por fim, agradeço ao meu amigo a honra desse prefácio. Vivemos tempos difíceis, de perda de direitos, retrocessos sociais e políticos, perda de esperanças e intolerâncias de todos os tipos, de distanciamento das pessoas, das suas emoções, dos seus modos de vida. Estou certa de que a leitura deste livro, de suas histórias "atravessadas por seres humanos", trará um pouco de respiro, tão necessário nesses tempos sombrios!

Maria Teresa Lisboa Nobre

Profa. da Universidade Federal do Rio Grande do Norte Natal/RN

a dança da saudade

Doutor, posso lhe fazer uma pergunta?
O psicólogo se virou e disse: claro, minha senhora, estou à sua disposição.
Doutor sabe o que é? Só tenho um filho morando aqui na cidade, o resto, foram todos e todas embora, tive quatro filhos/as. Sabe esse filho? É casado, tem quatro filhos e a esposa. Meu filho me disse que eu estava já muito velha. E o que ela respondeu ao filho: velha é a sua mãe. E o filho disse pra ela: tá na hora de a senhora ir morar lá em casa. O senhor acha certo?
Aí o psicólogo disse: O quê? Nada disso, minha senhora, minha mãe, tem 87 anos de idade e mora só. Costura, anda duas por dia, faz tudo na casa, e só tem uma faxineira, uma vez por semana. A velhice não é uma doença. Se a senhora for morar com seu filho, além de acabar o casamento dele, não lhe dou um ano de vida.
Sim, pensei nisso também, não é fácil morar assim. Ela arrodeou, arrodeou, mas disse, "o senhor não me leve a mal", virou-se para a esposa, e perguntou: "a senhora permite que eu pergunte?". A esposa disse: "tudo bem, minha senhora, aqui é uma conversa de profissionais, não se preocupe que eu também sou psicóloga".
Sabe doutor, a pergunta real não é essa, e sim, é que eu gosto de dançar, e vou todo fim de semana com as amigas para a casa de festas, e danço com um e com outro, até o raiar do dia, e muitas vezes eu vou acompanhada para casa, o problema é que dói.

Tá vendo? Mais uma razão para a senhora não ir morar com seu filho. Veja que ele não vai aceitar isso? À noite ele vai ficar lhe ligando o tempo todo, e não vai deixar a senhora ir dançar a noite toda. O psicólogo, virou-se para ela e lhe disse: está vendo? Por isso lhe disse que não fosse morar com seu filho, pois iria morrer logo ao deixar de aproveitar a vida.

Ela lhe perguntou: — mas é normal isso? Meu senhor, me diga. Vou lhe dizer, já cheguei até aqui. Ele disse: muito bem, minha senhora, a velhice é maravilhosa, temos mais liberdade, conhecimento, já passamos muitas coisas na vida. Temos até ônibus de graça, fila especial e até cartão pare estacionar na zona azul. A única coisa da velhice é passar a ter que tomar alguns remédios até o fim da vida, mas...

Aí a senhora respondeu: — eu não troco a minha velhice pela de vocês não tomo remédio nenhum, não bebo e nem fumo, eu só gosto... aí ela parou, e foi quando o psicólogo lhe perguntou, diga o que a senhora quer saber? Bom, é o seguinte, eu lhe disse que danço até o amanhecer e é quando vou para casa, mas sempre acompanhada de alguma pessoa que eu dancei, fiquei, e me interessei, e levo para casa. Mas sabe o que é? Não sei. É porque dói doutor. O psicólogo então pergunta: o que minha senhora: Ela lhe diz: aquilo. Ele pergunta o que é aquilo. Ela diz aquilo, o ato sexual.

– Sim é normal, pois quando a mulher envelhece, diminui os hormônios, que lubrifica seu canal vaginal.

– E tem solução doutor? E o que eu faço, porque é muito bom, só dói.

– A senhora pode ir em qualquer farmácia, normal ou de manipulação, e comprar um creme à base de água, o gel íntimo. Ele lubrifica o canal vaginal, e aí a senhora não sentirá dor.

Um ano depois ela encontra-se com o psicólogo, e ao vê-lo, pula no seu pescoço com um grande abraço. Ela o abraçou já lhe agradecendo. O psicólogo não se lembrou de imediato, afinal tinha sido uma conversa de corredor, e não terapia. Ela disse: lembra-se de mim doutor? Aos poucos ele foi lembrando, e lhe disse: claro, como a senhora está? Ela lhe respondeu: maravilhosa, exuberante, veja como estou mais nova.

Ele lhe disse: que ótimo. Ela lhe respondeu: só tenho a lhe agradecer. Ele sem entender perguntou.

— Mas o que foi?

— Lembra-se que há um ano assisti a uma palestra do senhor, e conversamos depois?

— Sim, claro que sim. Mas porque tanta felicidade?

— Sabe doutor, fiz como o senhor me orientou, não fui morar com meu filho, continuo só.

— Que bom, minha senhora, só e viva né? Sim doutor, vivinha da Silva. E tem mais, agora saio com as amigas todos os fins de semana, e danço a noite toda. E o senhor sabe que gosto de brincar, né?

— Se sei? Sei muito bem. Aí é onde está o bom, agora saio e quando transo, sou a mulher mais feliz do mundo.

O psicólogo, perguntou por quê? Ela lhe respondeu:

— Sabe doutor, aquele creminho que o senhor me ensinou?

— Sei.

— Agora doutor é toda sexta, sábado e domingo, e o melhor doutor, agora não dói mais...

retrato de parede

Eles eram um casal jovem. Ela pura e voltada para a objetividade. Ele um eterno sonhador. Estudavam juntos, e logo dessa relação algo foi os atraindo, aos poucos foram se amando, em doses de conta-gotas, mas foi crescendo.

De amigos, passaram a namorados, o tempo passou, casaram, tiveram filhos, trabalharam. Ele teve que se ausentar um grande tempo da convivência em família, e o que parecia apenas trabalho foi reorganizando todos de maneiras diferentes.

Um saiu de casa, foi buscar novos espaços. Outros permaneceram, mas já não eram mais os mesmos, tinham encontrados caminhos diferentes de ver a vida. Ele continuou em seus sonhos de mudança, ela se voltou para si. Mas viveram anos nesse imenso carrossel de diferenças e mudanças.

Voltamos a ele, seu caminho foi por outros universos e espaços, acreditando nos sonhos de mudanças, de seu povo, se voltou para o concreto, o materialismo, foi galgar novas ideias na sociedade.

Ela criou seu mundo de defesa, na introspecção e achou no espaço restrito a resposta para muitas das suas inseguranças. Bom para ela. Isso os tornou muito mais distante do que já eram, acreditavam em sonhos diferentes, embora se amassem.

O amor é engraçado, todo mundo pensa na juventude que preenche todos os espaços, pessoas se apaixonam, vão morar juntas, filhos chegam, trabalhos também, e muitas diferenças que já caracterizam uma relação a dois, quanto mais quando mais pessoas estão juntas.

Aqueles beijos, juras de amor, casa, comida, filhos, trabalho, parece preencher tudo, mas aos poucos o que parecia uma tarefa simples, vira momentos de conflitos, dores, tristezas, tem alegrias nesse meio, mas parece que não preenchem mais aquele fogo ingênuo das paixões, e em seu lugar, mesmo com o amor presente, vão se esfarelando no ar.

O que antes não era visto, frente ao amor voraz, de jovens ilusionistas, vão caminhando para confrontos das diferenças.

— Seria possível mudar?

— Mas para que mudar?

Mudar na maioria das vezes, significa a opressão de alguém sobre um outro, melhor não mexer. Diferenças, que não são desigualdades, não podem ser mexidas, sem anulação de alguém.

Difícil, mas inevitável. Ou você vai passar o resto da vida lavando roupa, se estranhando e impedindo o outro de crescer? Para quem olha de fora, parece algo tão estranho.

Para quem olha de dentro vê que o abuso não garante a felicidade que paira no ar. Relações desgastadas, sofrimentos, conflitos, doenças, que nem se percebe. Difícil mesmo, que de olhar os nossos limites é mais fácil se acomodar.

Mas, eles eram diferentes, cada qual à sua maneira permitia que o outro buscasse seus caminhos, às vezes nem tão fáceis, mas tinham uma qualidade: não escondiam para debaixo do tapete suas mágoas, dores, além de enfrentarem mesmo com dor. Alimentavam uma cumplicidade, pouco entre os casais que vivem à sombra do vazio, eles se deparavam com as dificuldades, não as escondiam, tornando-os mais humanos.

Partir foi a melhor opção, dessa maneira ninguém precisa ser violado, os caminhos continuam, o amor também. Isso rompe a barreira do sofrimento, e o encontro eterno será melhor.

De manhã cedo, de mala pronta, ele se foi, e foi para não mais voltar.

superproteção

A intimidade é complexa, pois nem sempre conseguimos sentir o que o outro tem a dizer, e nos prendemos a efêmeros detalhes sem importância, sem focar na essência do que o outro quer dizer. Sempre pensamos e acreditamos que teremos uma eternidade para nos expressar, e o tempo pode não voltar.

Mas, o difícil é o seu entendimento, e como no dia a dia, estarmos alertas para as necessidades da felicidade do outro. Nem sempre percebemos o que nos é esperado, o que existe do que o olhar do outro pode passar no momento. Sempre o olhar é o mais difícil, pois a intimide nos distancia de pequenos detalhes, muitas vezes bem mais significativos do que a essência do dito ou não dito.

Somos humanos, fragilizados nas relações, por isso tanto que se diz que o melhor da família é o porta retrato na parede, que na foto tudo é maravilhoso, mas no dia a dia as relações são infindáveis, e difíceis de conciliação, gostamos de que prevaleça o nosso entendimento, sem perceber o entendimento do que o outro tem em sua expressão.

Por isso a intimidade é esdruxula, quando nos aproxima do outro, e pensamos que podemos com isso, proteger o outro como se fosse ele mesmo você. Você não quer que o outro passe pelos mesmos percalços que você viveu, embora isso seja irreal visto que o momento de cada um, é o seu momento.

A superproteção parte de nossa visão de mundo, quando se é velho, não prevalece a cada momento histórico do qual cada pessoa vive, por mais que queiramos proteger, o outro não pode ter a nossa proteção, e tem que viver suas dores, alegrias, saberes, momentos, enfim sua vida enquanto pessoa.

Engraçado sabermos de tudo isso, mas difícil é transformar o nosso entendimento na aceitação do diferente, e nos limites de cada momento, que precisam ser vividos pelo outro, para alcançar o que temos. Como já dizia o velho Freud, temos que matar o pai internalizado que carregamos, para vencer.

Por mais doloroso que o seja, chega o momento dos velhos serem superados pelos jovens, afinal só assim o mundo se transforma e muda, pois os ranços do passado são conservadores, estaremos sempre em casa contando os viés metais, enquanto que o outro desabrocha para um novo momento, o que permite as mudanças de crescimento da humanidade.

relação íntima

Ele vinha faceiro, cheio de luz e amor para dar, plenas orgias existiam na relação dos dois, que se alinhavam em volúpias de amor e sexo. Seus encantos mil expressavam todas as emoções do mundo e da vida, em torno delas pairavam a busca do ser. Amável, ela estava a toda essa plenitude e lá se foram noite adentro.

Esses encantos os apaixonaram, terminando por levá-los a um casamento, festas em pompas, amores saudáveis, vidas vividas. A festa um deslumbre, as pessoas em sua volta comentavam a felicidade do casal, que embevecidos pela harmonia em seu entorno, bailavam sobre a alegria e o encanto daquela noite, regrada a muito champanhe.

Dias se passam, família cresce, filhos nascem, trabalho, rotinas, crianças na escola, ela não perdia o encanto a dois, bailavam a noite inteira, envoltos de corpos nus, que se entrelaçam na harmonia do encontro.

Mais noites de encanto, dia vivido, conflitos que surgem, dia de estresse, discursos infinitos, noites de angústias, dores que se aproximam, vidas perdidas, estresse, raiva, xingamentos, dúvidas, reflexões sobre a dor. Onde estava o encanto, tão plano, tão saboroso, tão doce, tão infinito?

Ela se questionava em lágrimas de solidão, ele disperso em seus pensamentos recorria à bebida, ela a trabalhar e tentar minimizar os danos, encantos para onde foram? O que parecia sem rumos era encarado como um pequeno momento, que logo se resolveria, ledo engano de uma noite perdida.

Ele cada dia mais agressivo, filhos rejeitados, amores perdidos, já não a tratava com encantos mil, veio a desconversa, as noites distantes, as mágoas que ultrapassavam o cotidiano, os ares de encanto dissimulados em noites mal dormidas de dores e sofrimentos, estava posto no ar o vazio.

Ela lhe cobra, ele bebe inerte em seus pensamentos, ela pede, ela ameaça, ela corre, ele em seu encalço, lhe desfere um murro entre sua boca já em um corpo machucado, uma mente perdida, uma dor expressiva, o corpo rodopia no ar se estende no chão como um pacote flácido, agonizando em dor e mágoas.

Onde estava a dança?

desafio

Ela era alegre, briguenta, mas encantava as crianças, com sua doçura infantil, não perdia uma brincadeira com as crianças, era envolvente, sábia e dinâmica. E nem hoje perdeu aquele brilho de olhar.

O mundo era pequeno para ela, não parava de viajar e ver com seus olhos, a beleza da vida. Quantas de suas viagens, me influenciaram a vivê-las, segui muitos passos, lembro de duas delas: Paris e Foz de Iguaçu. Quando ele voltava, não só cheia de fotos, mas o encanto de como ela falava da beleza do lugar, parecia nos remeter para eles.

Um dia, não mais do que um dia, foi parar em um hospital com uma pneumonia, entre idas e vindas, teimava em viver, contrariando toda a medicina, de lá saiu com mais uma vida vivida. Verdade que agora com uma vida mais restrita, mas sem perder a lucidez de do mundo.

Galgou dificuldades, dores, aperreios e aperreios, curva em sua postura, tinha dificuldades em respirar, mas continuou acreditando na vida e mais uma vez desafiou a morte, que a rondava. Mas, acreditou na vida.

Hoje restrita no caminhar, anda com seu carinho de rodas e sua cadeira para descansar quando precisa, não deixa seu andaime que a segue em todos os lugares. Encanto foi vê-la em um sábado, na plateia de um teatro, pequenininha na plateia, lá estava ela, em olhos a brilhar e mais uma vez, desafiando a existência de viver. Lá estava ela, no meio das pessoas, sentada e olhando sem perder a imensidão da vida.

espaços

Só, estou sozinho na imensidão dos espaços perdidos, no silêncio da noite, só escuto ao fundo o som da música, se é que podemos chamar assim, já tem mais conteúdo nenhum. O silencio é só atravessado pelo vazio do que não existe, mas teima em tocar a tarde inteira, forjado na inexistência do ontem.

Ainda só parado no horizonte o silêncio que não quer calar, redemoinhos de pensamentos e ideias que não findam no vazio do batuque, que nem existe. Ligo o som, o tango exala profundezas do ser. Não quero silêncio perdido da noite.

miséria

Pessoas passam. Andam, embora não saibam para onde, nem em que direção vão. Seus caminhos foram tolhidos, pisados, esmagados, vivem à margem, comem ou não à margem, sofrem a dor do mundo.

Restos, migalhas, flagelos da humanidade e o que é pior são milhões de pessoas que vagueiam pela vida em direção ao vazio. A miséria, a fome, sem rumo ou caminho a seguirem, passam, passeiam, teimam em viver.

Cachorro magro, papagaio aniquilado, família em pele e osso, à margem, só sobram fragmentos humanos, sem rumo, sem beira, sem luz, só sobra a insistência na vida no trilhar outros lugares, longe da seca ardida do sertão.

Acompanhando povos famintos, amargura agora já sem dor, calejados na fria sombra de uma imensidão de riquezas, que nunca chegaram próximo, sobre os olhares de curiosidade e de indignação, dos que possuem, que estão distantes do povo e não percebem a existência do outro.

Cartolas, borboletas, charutos, acompanham a ganância humana, separados pelo vil metal. A fome só toca na dor da pele do outro, sobre o olhar insignificante dos poderosos. Nunca será o espelho da vida, eles não existem, foram engolidos pelos outros, que se equilibram nos píncaros encastelados de seus palácios de areia.

É hora de continuar caminhando, talvez logo ali, tenha uma esperança, mas não dias de caminhada e mais caminhada, e nada aparece na infinitude do campo vazio que um dia a história há de contar.

a chegada

Convivemos no cotidiano com os nossos filhos, com frequência, presente ou pelas mídias sociais, mas algo estranho acontece, uma saudade partida, quando um mais próximo viaja. É uma saudade sem sentido, mas a marca de sua presença diária é profunda e sua ausência dolorosa, por mais que saibamos de seu breve retorno.

Parece algo engraçado, pois uma viagem curta, de apenas 17 dias, é algo normal e pode parecer algo corriqueiro, mas quando a mesma faz o outro atravessar o continente, para além dos mares, algo estranho acontece, para uma imensidão e uma infinitude infinita. Mesmo sabendo e vendo através das fotos seu crescimento, suas aventuras, seus estudos, sua diversão e descobertas entusiasmadas de um mundo novo, mesmo no velho continente, que nunca se acaba.

Passeando feliz pelas ruas de Norte Dame, navegando pelo Rio Sena, olhando para a Torre Eiffel e sentado nas escadas de Sacre Coeur, ouvindo os músicos que nunca desistem de tocar, parecia uma plenitude. Até me lembrei de meus passeios por esses lugares, em algumas ocasiões, a cidade luz, berço da alegria geral, é uma cidade em seu esplendor, que teima em existir, dentro de suas adversidades.

A luz brilha na torre, iluminando a velha Paris, com seus picos de esplendor, nas ruas houvesse todas as línguas, risadas, abraços, beijos e alegria encantam-te.

cachinhos dourados

Ele é um menino alegre, brincalhão, recluso alguns momentos quando brinca só. Na escola muda de atitude e interage bem com os amiguinhos. Filho único, alegria de um casal jovem que estimula o cinema, os filmes, o teatro, os brinquedos e parques, não medindo esforços para proporcionarem o melhor para ele.

Louro de cachinhos dourados. Seus cachinhos eram dourados, que de tão dourado reluziam com muita força diante do sol. Eles eram tão finos que faziam rolinhos de cabelo, que sempre caia na testa dele, mas ele não se CHATEAVA, ria COMO uma criança quando brinca. Já mostrava ao nascer para o que tinha vindo, não parava quieto e andou logo, descobrindo nossos espaços e ideias.

Com a chegada de seus avós e tio era uma festa, mesmo transformando o seu ambiente, ria e dizia: não acredito, vocês estão aqui, sem cerimônia. Sempre que eles voltavam, dizia: não dá para esticar mais um pouquinho?

Nunca estava satisfeito com a partida de seus entes queridos, e também quando estavam juntos era de uma intensidade profunda, em constante brincadeiras, e nem queria dormir de tão ansioso que ficava deixando todos cansados, mas valia a pena, eram poucos dias de alegria e intensa felicidade.

Sempre que gostava, levantava o polegar e dizia legal, "era isso que queria", e saia com seu carro amarelo em estripulias. Era um menino muito experto e curioso, tinha uma admiração pela luz da Lua, que lhe chamava a atenção, brilhante e estonteante, que quando brincava com seu avô, ele sempre a via e achava linda.

    A Lua para ele era um encanto, encantam-te, que não parava de admirar, e com tamanha curiosidade, logo queria saber de tudo. E lá ia seu avô, descrevendo esse pequeno e iluminado asteroide, que as noites, ilumina a Terra. Dizia ele: a Lua se divide em quatro fazes: Lua Nova, quarto crescente, lua cheia e a quarto minguante, que são etapas que diferenciam a Lua, em seus dias na terra.

domingo

Perambulando pelo pátio, entre ruas estreitas, barracas diversas. De tudo se vendia, roupas, enfeites, bijuterias, iluminados, quadros. Estávamos ao lado da Igreja do São Pedro, pátio de vários encantos, danças, teatro, rodas, bares, restaurantes, comidas, tapiocas, pipocas, doce. Assim abria-se o Pátio de São Pedro, local memorável de tantas histórias.

Ao fundo um mini circo, que encantava crianças ao som de músicas e brincadeiras, era um domingo à tarde. Dois bonecos gigantes, tipos os de Olinda, lembravam, mas não era o homem da meia noite, criação iluminada na mente e olhos de um artista.

Mais à esquerda, uma tenda se abria às pessoas, que circulavam, descobrindo novas e velhas ideias, lá estava a La Ursa, o cais do sertão, e no meio uma jovem, orientando o próximo espetáculo, que logo mais começaria. Uma peça teatral, por algumas ruas, que contavam a história das lutas das mulheres, dos ritmos populares, das danças, do sofrimento, da escravidão tão presente em nossas memórias.

o que parecia ser, mas não era

A primeira vez que o vi, foi no corredor do aeroporto, passamos um pelo outro, ele me olhou, eu olhei para ele e sorrimos. Na outra semana, tudo se repetiu como se fosse uma história de cinema. Nos cumprimentamos e cada um seguiu o seu caminho.

Mas, como numa história de cinema, isso em geral não acontece normalmente, na terceira semana, estava eu tomando um suco na lanchonete, quando eu o escuto pedindo um café. Olhei para o lado e lá estava ele, alto, moreno, rindo. Pegou o café se aproximou da mesa onde eu estava sentada e perguntou, como aqueles cavalheiros educados e finos, que não encontramos mais hoje em dia.

– Posso sentar?

Olhei para ele dos pés à cabeça, e sorri como um consentimento (quem hoje, ainda é tão cavaleiro, como ele? Pensei). Estava lendo os contos de Clarice Lispector. Nesse exato momento lia uma fala da mesma.

– Estou a um quase um passo de admitir que a vida que levo é um pretexto para ofuscar a vida que não gostaria de ter.

Ele me perguntou o que achava do livro. Balbuciando algo, lhe perguntei, o que? Ele me perguntou: está gostando do livro? Ah! (caí em mim) e lhe respondi: é ótimo. Posso lhe emprestar se você quiser (essas coisas idiotas, de quando não temos o que dizer, eu mal o conhecia, como agi tão inesperadamente?). Ele me respondeu, com o maior prazer.

Sem graça e sem saber o que responder, lhe disse, quando eu terminar lhe empresto. Que coisa esquisita, mal o conhecia, nem sabia seu nome, e nem o que ele fazia, ou de onde era. Mas, a essas horas, nem sei porque, já me sentia interessada. Ele agora já sentado, começou a falar, essa autora é ucraniana, e veio para Recife, ainda criança, morou na Rua do Hospício, em uma casa, que nem mais parece uma, caindo aos pedaços. Nossos governantes, não se preocupam muito com a história.

Antes que eu dissesse algo, ele foi logo falando: veja o Teatro do Parque, está lá quase abandonado, me lembro de quando mais novo, assistia, não só peças lá, como até festivais de cinema. Nessa hora, eu uma pessoa apaixonada por literatura, teatro e cinema, já não mais só tinha interesse, estava encantada.

Ele me perguntou se eu já tinha lido algo mais dela, como: A Maçã no Escuro, Laços de Família. Todos os Contos? Nessa hora de encantada, eu já estava apaixonada. De Lispector, passamos por Ariano Suassuna, Raimundo Carrero, Lígia Fagundes Teles, Flaubert, Mia Couto e paro por aqui, pois era uma lista interminável. Depois disso falamos de teatro, Fernanda Montenegro, Bibi Ferreira etc.

Essas alturas, já nem sabia se estava ali, se era verdade, se era um sonho, um delírio, uma fantasia. Acordei, quando ele me disse, olha tenho que pegar o avião agora, isso era uma segunda, volto na sexta, podemos nos encontrar no sábado à noite. Como uma adolescente, em delírio (pensei comigo, será verdade? Vou aceitar sair com um estranho?), mas nem pensei mais, e lhe respondi, aqui está meu telefone, me liga. Educadamente, ele pediu licença, se levantou e disse, meu nome é Carlos, posso saber o seu? Sem nem saber o que lhe dizer, só balbuciei, Camila.

– Boa tarde Camila, até sábado.

Daquele momento em diante, os dias pareciam não terminar nunca, chegava o outro mês, mas parecia que sábado, não chegaria nunca. No sábado, ao final da tarde, ele me liga, já não achava que ele fosse ligar, que tinha sido apenas um sonho. Mas, não, era verdade, e ele me ligou. Atendi, e meu coração disparava a cada palavra que ele dizia. Desligando, fui para o banheiro, tomei um banho, passei hidrante, me maquiei, passei o batom, caprichei na roupa, nos acessórios, no perfume. Me olhei no espelho, o que vi, nem parecia eu, nem lembrava mais da última vez que assim me vesti, um vestido preto, nem tão decotado, e nem tão curto, na medida. Dizem minhas amigas, que em geral, a maioria dos homens, gosta do preto. Embora eu nunca entendi muito bem essa fixação.

As vinte horas, estava lá eu na portaria de meu prédio, quando um carro estacionou. Ele desceu, se aproximou do portão e interfonou, perguntando ao porteiro se Camila o estava esperando, que seu nome era Carlos. Veio em minha direção, estendeu a mão.

– O que logo pensei, isso existe? E depois me deu dois beijinhos, um de cada lado.

uma noite cinza escura

Em uma noite cinza escura, uma veia se entope, um corpo cai sobre a cama, entre chuvas e trovoadas, como se Zeus tivesse chegado, como martelo de Thor, anunciando a dor. Um corre-corre desenfreado, sirenes tocam em sua luminosidade escaldante, de um vermelho sangue, enquanto houvesse choros, desesperos e lutas para superar o tempo do espaço.

Um corpo doído, esmagado pelo inesperado, e pleno momento de virtudes e escritas literárias, médicos, enfermeiras, sua companheira médica também, ver a cena com a lucidez do conhecimento e a incerteza do amanhã. Um AVC bateu naquele corpo de ideias, sonhos e desejos, em acreditar no livro, nos romances e contos.

Entre tubos, aparelhos, soros, remédios, injeções, inercia da dor, seu corpo parado, e suas ideias mergulhadas na solidão do silêncio, tia Guilhermina, ria. Vânia saltitava no seu imenso inconsciente, enquanto Aurora se contorcia em dores. O caminho das luzes aparecia nas entrelinhas, enquanto todos os recursos médicos eram utilizados, para salvar aquele corpo paralisado por uma simples veia entupida.

Sua imaginação inconsciente, teimava em acreditar na inocência de seus contos, prêmios, ideias, enquanto um novo livro ali se fazia parir. Enquanto médicos enfermeiras, teimavam contra o tempo, sua luz interior desafiava os desígnios da doença, ultrapassando os pícaros gloriosos dos Deuses do Olimpo, que em sua volta, teimavam em resistir, a uma morte aparente.

– Uma voz interna, clamava, não desiste Carrero, sua hora ainda não chegou!

Enquanto isso, Carrero, escrevia mentalmente seu livro, que teimava em não ser o último, mas, uma série de últimos, que o tempo viria a comprovar, e os leitores a poderem compartilhar de sua pulsante força literária. Uma força feminina que emana de sua sensibilidade com as mulheres, presente em sua mãe, irmãs, cuidadoras, o lado positivo que lhe delineou para a vivência desse universo.

Lutas internas, dias de distância, o corpo acorda de viagem que não seria a última, primeiro passo de inúmeros outros que se sucediam, até que ele conseguisse deixar o leito hospitalar, e em sua casa o corpo em movimento, entre o incerto e o móvel lutassem a guerra de Sansão e Dalila na cama de sua mulher. Mulheres que entrelaçam as tramas de Carrero, um homem que fala pelas mulheres, como se o fosse, seu feminino, sua anima não precisou se digladiar com o masculino, apenas se fundiram e passaram para as páginas amarelas de um velho caderno, para depois serem trabalhadas como um maestro em sintonia com a vida e a poesia.

Caderno da sabedoria que anda sempre em seu bolso, acompanhando sua rotina, e registrado ideias e pensamentos, para dali sair um novo roteiro assim trabalhado, findando em livros e mais livros, para o contentamento dos que ainda conseguem saber o que é uma boa leitura ou que os tiveram direito no meio do imenso analfabetismo de um povo. Caderno que nos remete à nossa primeira professorinha, que nos ensinou o beabá e que fazem parte das trilhas do saber.

Entre dores, desafios, fônos e fisioterapeutas, as luzes foram entrando pelas janelas de seu quarto, para enfim, entre passos mal dados, dificuldades na fala, parte de seu corpo lutando contra uma parte parada, ou que queria parar, fosse entre noites e dias intermináveis, possibilitando possibilidades.

Aos poucos, entre dores e dificuldades, o corpo foi reagindo e nasceu seu próximo filho, parido entre lençóis, sofrimentos e travesseiros, apoio dos entes queridos, e aconchego da mulher amada. Sobre seu colo e noites de sofrimentos O Senhor Mudou de Corpo, estourou nas prateleiras das livrarias, de sua segunda cidade amada.

No aconchego do desejo da superação, ideias foram sendo construídas e, aos poucos o Centro Raimundo Carrero, outrora escuro pelas tantas noites de espera, foi aos poucos se iluminando, através daquele senhor, que ao mudar de corpo, continuava sendo o eterno senhor das ideias.

O mestre, o senhor das ideias, voltará, não como gostaria, mas, com o tempo, e junto com seus alunos e alunas, foram trilhando as várias Vânia que existiam em seu imaginário poético e sensível, as dores das mulheres achadas, oprimidas e discriminadas, um universo feminino que o permeou durante toda sua vida. Para que enfim O colégio de Feiras, discutido, mastigado e compartilhado, visse a luz através das chamas dos Olimpos. E ali, entre familiares, alunos, amigos foi visto e exposto

as aventuras do menino

Era uma vez um reino tão distante, que era impossível avistá-lo, só as crianças e os adultos crianças, podiam perceber e encontrar um caminho que lá chegasse. Em uma pequena cidade, lá no fim do mundo, moram um velho e uma criança, no topo de uma montanha, que nem água e luz tinha.

Longe da cidade, só iam de vez em quando para comprar mantimentos e peças para trabalhar na agricultura, na plantação que tinham ao lado de sua casinha, onde tinha também um curral com duas vaquinhas e um cavalo.

O menino o velho, seu avô e sua avó, tinham uma relação de encanto entre eles, que todos na cidade presavam, já que era e se apresentava de uma forma tão intensa, que muitas vezes não se sabia quem era o menino ou quem era o avô, dado a ligação existente entre eles. O circo se completava com seu tio querido e seu pai e mãe.

O encanto do menino pela criatividade era destoante à vista de todos, por sua vez o velho avô virava um encanto, encantam-se quando estavam juntos. O menino gostava de brincar e ler histórias sem parar.

As noites, seu avô sentava com ele em torno do fogo e lia os encantos da literatura de cordel.

Quando começava a dar os seus primeiros passos, descobriu o vento, nessa ocasião ele descobriu através das paletas do ventilador, para ele "teilor", o ar, cuja volta e volta espalhava o vento em sua cabeça.

O vento do ventilador, diferente do natural, era uma realidade para ele diferente pois não era algo abstrato e sim um vento que ele sentia na pele, nos olhos e na ondulação de seus cachos, que iam de um lado para o outro.

Depois dessa descoberta foi a vez de descobrir a lua. Ele olhava e apontava o dedinho em sua direção. Para ele uma grande luz que ficava bem alto no céu. Era um menino muito sabido e curioso.

E, ele prontamente perguntou ao seu avô, o que era aquela luz, que ele lhe explicou:

A lua é um pequeno asteroide, feito uma grande pedra, que gira em torno da terra. A Terra é onde moramos, chamado de planeta, já a Lua é, portanto, o maior satélite que temos, e aparece durante a noite iluminando a Terra, como durante o dia aparece o Sol. A Lua ainda pode ser vista por nós aqui na terra, como: Lua Nova, quarto crescente, Lua Cheia, quando ela está completa, uma enorme bola de luz; e, a quarto minguante.

O Sol é bem maior do que a Terra, e ilumina nossa terra durante o dia, se pondo no entardecer, para nascer no outro dia. Já à noite, o Sol se põe, indo em direção ao outro lado da Terra, iluminando outras cidades.

Assim, nasce a Lua que vai iluminar a nossa cidade o nosso planeta, quando o dia vai amanhecendo, ela vai desaparecendo, indo para o outro lado da Terra, quando irá ser noite lá, portanto vai iluminar outras cidades, e aqui na nossa cidade chega o Sol. Terminando de contar essa história, o menino sorriu e foi brincar.

Durante o dia, vivia junto do avô, com seus brinquedos, enquanto ele arava a terra, em sua volta. Seus brinquedos, eram sua delícia e o encantavam duas ou três vaquinhas de barro, alguns cavalinhos, carrinhos, rodas, casa e arvores etc.

Com isso e observando os lugares dos quais passava ao ir à cidade, percebia as fazendas, sítios e moradores, e foi descobrindo os caminhos de ouro, que a vida poderia lhe oferecer.

Olhando ao seu redor, percebeu e construiu sua própria fazendinha, utilizando cordões e palitos de picolé, quando ia à cidade nunca deixava de tomar seu picolé de limão, e ria as gargalhadas.

Certa vez, em um restaurante ao colocar água na limonada, o copo transbordou, o que despertou a atenção do menino. Quando seu avô fazia suas bagunças, que era colocar em um copo de limonada água com gás, que sobe as bolhas e a água borbulhava e saiu escorrendo por todos os cantos, ele se dobrava em intermináveis gargalhadas.

Seu grande modelo de vida, as gargalhadas que não tinham fim, seus olhos vibravam, com intensa energia, e seu avô não podia deixar de acompanhar. Seu avô observava e o estimulava a cada dia a construir novos caminhos de felicidade.

Quando maior, descobriu o carnaval. Em um de seus aniversários, a temática foi o carnaval, onde ele foi vestido de pierrô, e de sobrinha de frevo na mão, não parava de dançar, ao som de Vassourinhas. Brincadeiras, estripulias, corre-corre, bolas a estourar, crianças a brincarem, adultos a correr atrás de suas crianças, era um encanto só de festas e gritarias, lá vêm cacho de coco, descendo a ladeira.

Ao fim da festa, garotada cansada e feliz, depois de tanta estripulia, acompanhado pelo palhaço, ele sentou, olhou para seu avô e perguntou: vovô o que é o carnaval? Então seu avô sentou ao seu lado, e lhe disse: sabe vou lhe contar uma história, você quer?

Sabe menino, no meio de uma multidão, milhares de pessoas, dançam, cantam e acompanham os blocos de carnaval, que são pessoas vestidas com uma determinada roupa, que tocam vários instrumentos. O carnaval é a brincadeira mais solta, lúdica e criativa que temos, principalmente em Pernambuco, Recife, meu querido neto. E ao som dos clarins e momos você dançou o frevo com a pequena e simbólica sombrinha do carnaval.

Como outrora seu pai o fazia, ao som do Elefante de Olinda quero cantar a tua imagem. Vestido tipicamente como um verdadeiro carnavalesco, e dizia: sai da frente que eu quero passar. Nessa festa, toda ela ornamentada com o estilo carnavalesco, foi iniciada por você, logo à tarde, quando você vestido de pierrô e com a sobrinha na mão ao som da música, deu seus primeiros passos em direção ao frevo, em passos lentos,

Ao som dos clarins de Momo

O povo aclama com todo ardor

O Elefante exaltando a suas tradições

E também seu esplendor (Clídio Nigro / Clóvis Vieira).

Assim, você dançava e girava com seus passos, dando os primeiros caminhos em direção ao sol, ao mar e à terra dos frevos. São imagens, caminhos e direções que encantam milhões de pessoas, nos três dias de carnaval. Nascia ali mais um folião, raízes em seu bisavô paterno, que começa no sábado de Zé Pereira e termina na quarta de cinzas, ao som de Cacho de Coco, bloco de carnaval, que sai da casa de sua tataravó, que guardava o ano inteiro seu estandarte. E sua outra tataravó, do outro lado do muro gritava: Olha o Cacho de Coco Minha gente.

encontros e desencontros na calada da noite

O tempo é uma coisa engraçada, sempre traz lembranças anteriores, que se fundem entre o passado e o presente. A conheci uma tarde de sol, ela fazia sua matrícula, assim como eu fazia a minha. Olhei para ela, que tinha uma pele branca avermelhada, cabelos loiros, um balançar de cabelos que se espalhavam ao vento.

Dias depois, primeiro dia de aula de uma tarde de verão, sobre o alto do morro, em uma janela antiga, com vista para o mar, a natureza espalha felicidade. Nesse dia, ficamos nos conhecendo, assim como a turma toda.

Com o passar dos dias fomos nos conhecendo, e com essa aproximação, descobrimos algo em comum, gostávamos de conversar, brincar e sorrir. Como isso surge uma amizade que se confundiu com o tempo. Descobrimos juntos o amor pela cidade, e passamos a descer as ladeiras de Olinda, todos os dias, ao fim das nossas aulas.

Ela era uma loura esbelta, exalava cheiro de jasmim, em sua calça de jeans azul colada ao corpo, mas parecia uma deusa. Em sua blusa vermelha, com detalhes em forma de tela no busto e nas mangas, seus cachinhos dourados, completava o momento. Andava a passos curtos, em sua sandália hippie, nas ladeiras de Olinda, onde a conheci. Não era na essência da palavra uma deusa, mas bem que poderia ser, se quisesse ser, mas a paixão foi de imediato.

Era paixão, amor, desejo, fogo da juventude? Difícil de dizer, mas fácil de sentir em sua plenitude. Não era uma mulher de muitas palavras, mas sabia nas conversas, longe dos modelos predominantes com base na cultura do vazio. Pena que era noiva, de um jogador de futebol que a abandonou à pura sorte.

Ao estudarmos juntos, logo aquela admiração platônica se transformou em uma amizade plena, eu solteiro ela uma noiva abandonada pelo destino, então logo dos estudos passamos a ir à praia juntos, cinemas e teatros. Beijos, só no rosto, pois logo ela me empurrava, dizendo: deixe de sua saliência, sou noiva.

distorções

Falamos, pensamos, idealizamos, dizemos e no fim não entendemos de nada. Assim, é o entendimento da sexualidade humana. Na atualidade, apresenta um processo de distorções, conflitos e de novas vivências com bases em corpos estereotipados, tanto no universo feminino, como no masculino.

Pensamos e sentimos hoje, que o sexo aparece de forma explícita ou semiexplícita através das redes sociais, que prega a idealização de corpos sem ideias, pensamentos e criticidade, através da nudez ou seminu dez.

Os corpos cultuados, inseguros e fragilizados, frente a um universo perdido na sua inexistência. São corpos expostos de mulheres com lingerie, revelando sua intimidade; são corpos masculinos sensualizados.

São relações estereotipadas, preconceituosas, repressivas, permissivas e vinculadas como um espetáculo. A intimidade virou um espetáculo pregado pela sociedade de consumo, em que os corpos expostos se tornam modelo de "evolução", "desenvolvimento" etc., que, na essência real, só expressam o vazio das relações pessoais entre os seres humanos. Vive-se um contexto onde o corpo vira mercadoria a partir de um ato político-econômico, que tem como base o mercado pelo mercado, estimulando a desumanidade, à alienação, a passividade e as relações fragmentadas.

Mas, a sexualidade como essência da vida humana, envolve o conjunto de características biológicas, psicológicas e socioculturais não vivida, nos permitem compreender o mundo e vivê-lo através do nosso corpo e desejo em torno do prazer saudável e harmonioso com a vida.

A vida é engraçada, em uma lembrança familiar, de um dia na escola terem perguntado para as crianças sobre as profissões de seus pais, um a um foi dizendo: professor, diretor, político, advogado, psicólogo etc., ao chegar a vez de meu filho, ele disse: "meu pai é professor de sexo", o que levou a professora ao desespero, e a volta dele, no outro dia, com a mãe. E, o pai, claro, foi chamado para explicar essa barbaridade. Já não adiantava mais, pois o julgamento fora feito, a condenação delineada e a culpa estabelecida.

Crueldade de muitas pessoas ao julgarem sem saber e sem levar em consideração a inocência de uma criança, bem como de não considerar a possibilidade de algo saudável e pedagógico. É o que a escritora Chimamanda Adichie, nos fala: **O PERIGO DE UMA HISTÓRIA ÚNICA.**

Tudo isso traz à tona no momento presente, o obscurantismo político-religioso, através de práticas fundamentalistas, e não espirituais reais, vinculam mais uma vez a sexualidade às práticas reacionárias, repressivas, distorcidas e camufladas, em uma moral tradicionalista, conservadora e repressora.

Parafraseando o nosso poeta Thiago de Mello, no Estatuto do Homem, em seu artigo final:

> Fica proibido o uso da palavra liberdade, a qual será suprimida dos dicionários e do pântano enganoso das bocas. A partir deste instante a liberdade será algo vivo e transparente como um fogo ou um rio, e a sua morada será sempre o coração do homem.

o neto

Ele sempre alegre, brincalhão, sempre em busca de uma bagunça. Vovô vamos fazer uma?

Engraçado, o espírito cativante das crianças, elas estão tão tranquilas em suas piruetas e brincadeiras, que conseguem expressar uma sinceridade inigualável, que os jovens e adultos nem chegam perto. Ô doces crianças, espontâneas em sua espontaneidade!

Elas correm, brincam, caem, choram, dão a volta por cima, e voltam a correr e brincar, como se nada tivesse acontecido, sua pureza, sempre inigualáveis à plena incoerência de um mundo em dor.

Assim, sem desistir, outra bagunça era esconder o pijama da avó, que corria em busca dele, enquanto ele dobrava a gargalhada. Cada movimento seu parecia enaltecer a felicidade, que só as crianças sabiam fazer, enquanto os adultos fingem ser felizes, apenas para agradar o ambiente.

O engraçado disso tudo, a leveza do menino, que crescia a passos rápidos. Posso ir para sua casa vovô? Pode. Quero fazer aquela bagunça, em riscos curtos e convexos, rodopiando os momentos de alegria encanta-te.

Vamos esconder o pijama da vovó? Que tal? Uma boa ideia dizia o avô, assim ela terá que procurar e a gente fica só olhando, não é vovô? Vamos, saia ele em disparada, para o recanto da avó, a procura do pijama, escondendo em outros luares a esmo. Vovó sabre o que eu fiz? Não, respondia ela.

Escondi seu pijama. E lá se ia a avó, menino danado, você escondeu meu pijama? Onde?

Vovó a senhora tem que procurar, enquanto a avó fazia de conta que reclama, sobre as gargalhadas intermináveis de uma criança em alegria. Teve um dia que ele colocou o avô para andar de patinete, e acelerou para desespero do avô, que para não o machucar, foi lançado ao chão, dando piruetas no ar, para terminar se esborrachou de cara e tudo na calçada da rua.

Desconfiado, olhou e quando viu que estava tudo bem, saiu como se nada tivesse acontecido, voltando a andar de patinete m sua plenitude. Na praça, adorava fingir que ia atropelar o avô, que corria, tendo ele ao seu encalce, para se acabar de rir, quando o carro elétrico batia na perna do avô.

De estripulia em estripulia, ele conseguia romper as barreiras da seriedade da vida, fazendo todo mundo voltar a ser criança.

quisera

Quisera poder dizer tantas coisas para ela. Quisera poder olhar em teus olhos e definir seu encanto, como a aurora doce do mar. O mar que sempre foi o seu encanto, enquanto ela deslizava nas suas ondas do amor em Olinda.

Olinda de tantas histórias e de tantas artes, que enaltecem sua cidade patrimônio da humanidade, onde tantas vezes ela passava em sua sandália rasteira, mas faceira como a luz que encanta a vida.

Tu representas uma eternidade de vida que flutua como ondas dentro desse imenso mundo de tantas idas e vindas, que tocam meu amargo coração de dor e harmonia, que delineia o encanto dos saberes e conhecimentos, que me ensinaram e me ensinam tantos caminhos de vida e solidão.

Tu me desses um caminho que eu não havia encontrado e nem sabia que ele existia e que o encontraria nas Brumas de Avalon, e dele vieram duas magníficas pessoas ao mundo, que me fizeram acreditar na esperança, de onde meu coração palpita em doces lagrimas e aurora, através dos cachinhos dourados.

Quisera que esse eterno amor, embevecesse meus caminhos de dores e alegrias, que se encontra em tua alma e sabedoria nas palavras que circulam em tua doce presença contigo e com o mundo.

Quisera caminhar entre teus sonhos e abraços entre teus doces peitos, como as águas do rio, que circulam em enseadas nascentes, através de tantos lugares e territórios, sem nunca perder seu charme.

Quisera teu corpo no meu, como encontro eterno, que flutua na imensidão dos oceanos, na aurora estrelar, que vagueia entre luas e sois, mas que nunca deixam seus caminhos a trilhar e a iluminar a vida na aurora estrelar.

Quisera a luz dos teus olhos, de tua sabedoria contida nas letras da poesia, mas que desfruta os princípios dos conhecimentos, tanto negado, mas que se desperta no mundo como uma criança que foge dos entes queridos, para se debruçar nos rumos da vida.

Quisera que toda essa luz completasse os bolsos do coração, assim como a liberdade liberta os homens e mulheres da vida escrava, que circulam momentos significativos do amor e afeto.

reflexões do cotidiano
(finitude)

Eles andavam pela calçada de mãos entrelaçadas, vez por outra paravam se olhavam, se beijavam, se viam. Continuam a caminhar, param em uma barraca e tomam um coco gelado, o tempo era eterno, contemplam os raios finais do sol e o despertar da lua. Brincam como crianças apaixonadas na aurora da vida, sem unem, se interligam, se desdobram. Ela dizia: queria que esse fim de semana durasse para sempre.

Assim, se envolviam e evoluíam para algo mais profundo. Enfim, ficaram juntos, casa, trabalho, filhos, amigos, família, tudo caminhava em eternas juras de amor. Mas, o cotidiano chegava, com ele o estresse, as dores, as magoas, já não se encanavam como antes, rugas de desaforos surgiam, e iam se alimentando do dia a dia.

Pessoas se encontram, se conhecem, se curtem, trocam sorrisos, ideias, informações, vão a bares, passeios, viagens, festas, praia, se amam, se sentem e se apaixonam. O amor cresceu, vai longe e, as pessoas se aproximam, andam e partilham a paixão, é grande o desejo, vai para além dos horizontes, amamos e construindo a cada passo, a cada momento, vão nos levando para o encontro.

A atenção é a gloria da existência, flores, cadeiras arrastadas, beijos, portas abertas, abraços, noite de amor, vão para além do que se podia imaginar, é a gloria, o picadeiro do circo, a essência em si.

Logo casam, casa, roupa, comida, divisão, que nunca vem, pessoas cansadas, atividade em demasia, pessoas caminham, atividades em demasia, pessoas caminham seus passos. Filhos vem, escola, roupa, conflitos, casa, comida, jantar, almoço, café da manhã, pratos sujos, roupas sujas, menos espaço, mais atividades, divisão que nunca vem.

Tudo era tão bonito, tão belo, casa, filhos, roupas, problemas, conflitos, dores, magoas, amanhecer sem flores, boca com mal cheiro, banheiro apertado, pasta apertada, escova suja, papel no chão, pia molhada.

Acordo nas carreiras, hora correndo, café aguado, pão queimado, filhos atrasados, a hora passando, desespero, todos atrasados, suspiro de dor, corre-corre, trabalho, chefe chato, reclamações de atraso.

Fim do dia, fecha tudo e corre atrasada para pegar os meninos na escola, trânsito alucinante, buzinas ensurdecedoras, apito no ar, filas na padaria, atraso para chegar, companheiro à espera do jantar, menos correndo, angustia no ar, divisão que nunca chega, esperanças pedidas, desgaste no ar.

– Isso passa? Não, nunca passará, respondo a mim mesma.

Romances perdidos, dores ampliadas, mal estar no ar, jantas, roupas para lavar, preparos para o dia seguinte, dores, pratos na pia, roupas espalhadas, na cama, no chão, na mesa e no sofá, para um outro novo dia. Amanhã, será?

Companheiro cobra, ela vira para o outro lado e dorme, ele chateado, resmunga, reclama, xinga e sai do quarto. Todo dia, todo dia, dias após dias, já não se olham, não se tocam, quando vão as festas de família, cada um para o seu lado, distância, silencio no ar.

Vamos discutir a relação? Que relação?

A nossa, que nossa?

Tá tudo bem, tudo pago, tudo acertado, tudo resolvido.

Será que tudo mesmo? E, nós?

Nós somos uma família maravilhosa, toda organizada, filhos na escola, notas exemplares, casa arrumada, compras feitas, viagens de férias já marcada, carros abastecidos, um doce e feliz lar.

Novamente ela: e nós?

Já lhe disse, tudo certo, o que você quer mais? Tá tudo organizado, você precisa de quer? O que você está reclamando? Você tem tudo, não precisa de mais nada.

Você sabe se não preciso de nada?

Sei, você tem casa, comida, trabalho, filhos lindos, um companheiro que não lhe deixa faltar nada, passeios, joias, roupas etc. Você tem tudo, o que você quer mais na vida?

Sabe o que eu quero? Não sei, disse ele.

Aquela pessoa que me amava, me beijava e compartilhava comigo de tudo.

Mais você nunca tá satisfeita, lhe dou tudo?

Tudo mesmo? Tem certeza?

Sim tudo.

Sabe, você esqueceu tudo, e ainda roubou as nossas vidas.

Pegou a mala e saiu pela porta, sem olhar para trás e sem dizer nada.

adeus meninas...

Elas são alegres, divertidas, entusiasmadas, valorizam a vida, e a curtem seus muitos questionamentos. Brincavam, se divertiam, dançavam, namoravam, iam para os bailes, vidas de amizade, dança, sexo, amor, brincadeiras, estudos e gostar de aventuras. Não apresentam mutas reflexões, mas se apaixonavam, embora pensassem e tivessem uma vida sexual, não corriqueira, e sim em eventuais escapulidas. Mas, faziam da vida espetáculos de loucura, não usam camisinha e nem tomam a pílula, parecia uma festa sem consequências.

Diante desses aspectos, a adolescência apresenta comportamentos diferenciados tais como: atitudes de inquietação, impulsividade, submissão, insegurança, introversão e/ou extroversão, porém frutos dessas transformações. Mas, não se sentem prontas, e sempre dizem:

– *Não quis a gravidez, porque é muito ruim criar um filho, porque sou muito nova, e não queria um filho.*

Elas são muitas e nem sempre contam com o companheiro, que em geral são os que mais pressionam para o sexo. A adolescência fase da vida que implica profundas transformações que vão do físico – de ordem biológica na puberdade, com o aumento na produção dos hormônios sexuais – à puberdade: etapa que precede a adolescência e se caracteriza pelas grandes transformações físicas, sociais e psicológicas. Do ponto de vista psicossocial, ampliam-se os sentimentos e emoções. O flerte, o desejo, o namoro se ampliam, e em muitos casos, sem preparo e cuidado, terminam:

– Os jovens pensam muito em sexo e terminam casando muito cedo.

Assim, muitas dúvidas surgem na adolescência. Torna-se adulto, embora o grupo ache "que ainda se é criança". Surge, assim, uma ambivalência entre o ser criança, se divertir e o ser adulto, assumindo o compromisso do casamento ou união com o companheiro, e com isso a gravidez, que em geral é sempre apontada pela jovem gravida, como algo que:

– Não foi escolha minha, foi de repente (insistencia dele, e terminei cedendo), resisti, pois me achava muito nova. Foi mais pressão dele. O namorado interferiu, sempre ficava falando e eu dizendo não, um dia ele me convenceu e eu aceitei. Eu fiz para agradar ele – não queria, pois me achava muito nova.

descompassos

No topo da montanha uma criança, olha e vê pontos claros, pontos escuros, pontos invisíveis, rios, mares, montanhas, morros, fogo. Fogo que destrói florestas, que se tornam devastadas, olhares atônicos, pessoas sem sentido, voltadas perdidas, sentimos adormecidos, nação sem rumos.

Verdes que se apagam na imensidão da floresta, olhares perdidos nas sombras da ausência de sentido. Crianças que correm, casas apagadas, fome, miséria, dor, inexistência do amanhã, aurora que se foi.

Nação que se foi, sem eira e sem beira, em palavras, sem história, desgovernada, à beira de precipício, sem luz, sem povo, sem educação, sem cultura, sem valor, sem ideias, sem ciências. Com fome, com dor, com agonia, na solidão. São vivos mortos, diante da dor da ignorância, dos que podem frente aos despossuídos, os perdidos.

Nuvens de vulnerabilidades, que se escondem em delírios e valores de lunáticos, que se fundam em discursos vazios, sem rumo, espalhando falsos folclores desnaturalizados da compreensão humana, das ciências, da filosofia, da dor da não existência.

Na concepção da miséria, das dores, da pobreza, da fome, seres vivos mortos perambulam nas cidades várias, nas lojas e mercados fechados, na ausência das mentiras da fome. Josué de Castro outrora já apontava nessa direção.

Mulheres, homens, crianças e jovens caminham ao relento, pedintes fazem cartazes da fome, população miserável que caminham sem rumos, desprezados pelas elites, que dormem em braços expendidos e distantes da vida.

clube das pás

Sentado aqui no Clube das Pás, imaginação vai longe, quando olhamos o salão, hoje livre, só uma ou outra pessoa passa por ele, retomamos a memória das pessoas lotando aquele espaço, em danças intermináveis, em corpos colados, unidos pela beleza da dança sinfônica.

Jovens, idosos, pessoas, cada qual a seu ritmo, se organizam em passos, que mais pareciam uma sinfonia de Beethoven. Pessoas simples, pessoas em harmonia de partilha e felicidade.

Me lembrei daquela jovem senhora de 74 anos, um encanto só, que não parava nunca de bailar pelos quatro cantos do salão, e várias vezes ainda arrumava um namoradinho, para se deleitar na alcova de seu apartamento. Entre danças e descansos, sempre conversava comigo: estava preocupada com o filho único, que não parava de lhe apeirar, para levá-la a morar com ele.

Essas coisas da vida, que ninguém entende, nem nunca vai entender: o querer controlar a vida dos idosos e idosas. Ela, uma senhora encantadora, não via a sua idade como um empecilho em viver.

O interessante da vida, é que nunca ensinamos algo, sem também aprender. Lá aprendi vários tipos de danças, com a Bantcha (lembra a lambada), mas tem o forró, o frevo, o samba, a valsa e o bolero.

Bolero inclusive que o clube e seus e suas dançarinas, bailam a noite toda, até o raiar do dia. Noites iluminadas e frenéticas para os amantes da boa música e da dança, que terminava ao som de Vassourinhas, um frevo Pernambucano.

momentos

Ele era brincalhão, irrequieto, hiperativo, mexia com tudo e com todos ao seu redor. Impulsivo por natureza, não parava quieto um segundo, pintava e bordava o tempo todo. Tinha seis mães e duas irmãs, essas últimas, coitadas, sofriam nas suas mãos.

– O menino não para nunca, não podia parar. A dor era insuportável, expressa pela inquietude de um coração em fragmentos. Muitas mães para educá-lo, sem experiências, era o primeiro filho de um casal em primeira viagem, e com muitas mães.

– A impulsividade, desafiava as regras da convivência passiva, de uma família de interior, onde todo mundo fala mal de todo mundo, e se cumprimentam na missa dominical, feito beatas e beatos, felizes nas suas infelicidades.

– Certa vez na casa de sua avó, o pintor tinha acabado de pintar toda a sala, na ausência dele e na falta do olhar adulto, repintou a parede, claro, a seu gosto. Foi punido não, a avó, aquela delícia de mulher, tímida, coxa e calada, não deixou, e ainda disse: coisas de crianças, tem nada não, ele pinta outra vez, para que existe tinta?

– Para horror de todas, afinal quem poderia entender essas cumplicidades, entre uma velha e uma criança. Claro que ninguém entendeu, afinal de contas dinheiro perdido, e isso sua vó não tinha. Mas, ambos sorriam entre si, coisas que ninguém nunca entenderá, coisas de vó e neto.

– Nesse mundo dicotômico, ele foi criado, tinha nascido em uma época errada e em um momento errado, tudo era um fim em si mesmo. Em casa apanhava, na escola aperreava os colegas da primeira até a última banca, as professoras corriam feito baratas tontas, para aquietar o menino. Afinal ele era o filho do doutor.

– Só uma professora o acolhia, deve também ter sido o seu primeiro amor, amor platônico, que um dia lhe inspiraria para as mulheres, aí que saudades da primeira professorinha, que me ensinou o beabá como diria Ataulfo Alves. Nunca lhe disse isso, mas será que ainda tenho tempo?

– O desejo foi mesmo nas pernas roliças da professora de inglês, embora amada e desejada pela classe inteira, eram só homens. Colégio de padres, onde imperava o modelo de repressão total, onde até tocar uma punheta, era pecado. E isso era século XX.

– Engraçada essa história de punheta, na época exista até campeonato, e era bom, pois mesmo nos sentidos em pecado, toda semana chegava o sábado. Era o dia da missa e confissão, ajoelhavam, e vinha a pergunta: pecaste?? Mesmo a contragosto e tentando enrolar, vinha a segunda parte: Pecaste com a mão?

– Diante disso, o que mais esconder? Afinal, éramos normais, e precisávamos disso, até para sobreviver, pois ou era a mão ou as putas, pois as nossas colegas, nem pensar, essas eram de famílias, feitas para casar, embora, em muitos relacionamentos, só sobrava o hímen.

– Bom, depois das perguntas, trinta rezas ajoelhado e vão para casa e, não pequem mais, pois tudo Deus tá vendo. A preocupação era só na hora, pois descobrimos, podíamos pecar, relatar e rezar, tudo é perdoado. Assim saímos todos feliz ao fim da missa, pois tínhamos uma nova semana para pecar. Oh pecado bom!

– A culpa nos remoía um pouco durante a semana, não tínhamos muito tempo para isso, era bom demais para ser verdade, aí pensávamos se tudo por Deus foi criado e é puro, isso era invenção, não podia ser pecado. E lá vem a punheta descendo a ladeira e morrendo na área em nossa frente.

– Ficávamos imaginado, e as garotas, como seria elas confessarem isso, e aí um dizia elas não fazem isso, outros discordavam, que nada, e elas vão dizer? A minha irmã, não faz isso. O mais gaiato, logo dizia: se passar pelas minhas mãos, num instante elas aprendem. Começava a confusão.

Em um universo de tantas pressões e repressões, uma mãe cuidadora, uma avó meiga, e várias outras tias, que não sabiam o que fazer, seu universo foi se constituindo, e a rebeldia, sua única forma de se transformar em gente, enfim venceria.

– Ele não tinha jeito, para os pais era um rebelde sem causa e perdido na vida, para os amigos um doido desvairado. Isso nunca será gente, pipocava ali e acolá, e de estigmas em estigmas foi se construindo, a duras penas, só perdia para um tio, que era o mais doido de todos.

– Embora, havia quem discordasse, afinal, ele tivera uma bisavó, que em seus melhores momentos de lucidez, saia pelas ruas da cidade, nua, e a gritaria minha filha tá me roubando. Engraçado, essas coisas de família, tão bonitas nas paredes.

– Bom, um extrovertido rebelde, diria a psicologia. Mas até mesmo a psicologia ele conseguiu enganar, não foi interno, e como alguns contemporâneos, não morreu de overdose, em uma tarde sombria, de um domingo qualquer na garagem de seu prédio à beira mar.

– E de galhos em galhos, tornou-se homem, estudou, virou doutor, como é o que se espera das pessoas de boas famílias, casou, teve filhos, amo-os, acolheu-os, e se esforçou para ser um pai presente e acolhedor, que não tivera. Acertando ou não, fez o que pôde.

– Mas, não esquecera a criança que fora, nem o extrovertido que era, porém com o tempo, foi apaziguando suas mágoas e dores, devolvendo o que havia de ruim, e de galhos em galhos, encontrou o perdão e pode perdoar.

E ele pode-se transformar, não era mais o doidinho, o explicitado, o agoniado, o desbravador dos sertões. Não precisava mais disso, ele se fundiu na sua essência feminina e masculina, encontrou há oito anos atrás o pai amado, no berço da morte, em torno do leito e da mortalha da dor, e chorou e deu adeus.

nem sorrindo, nem chorando, sempre sozinho

O silêncio da noite, arrodeado por uma multidão em barulhos desenfreados, aparecia ao lado do seu apartamento, sobre o céu estrelado de lua cheia. Pessoas em volta de uma piscina, em andares mais abaixo, nem por isso preenchiam sua solidão, pois está a metros, mas deixado só na multidão, que parecia tão perto, ao alcance de suas mãos, mas só, com a coração partido pela ausência do vazio.

Olhando em sua volta, pessoas bebiam, riam, cantavam a máquina do mundo, em seu barulho eterno, diluído no solver do malte, enquanto o queijo de coalho já derretia sobre a chapa quente da noite.

Não sei se o que diziam, não dava para entender, mas no meio do barulho, meus ouvidos eram impregnados pela dança da solidão. Noites na sombra, na janela de meu apartamento, em uma rua qualquer, de um lugar qualquer, sentia a ventania que vinha embalada pelo cheiro do mar, entre pequenas ondas avistadas à distância, sobre a lua cheia que iluminava aquela noite de um dia qualquer.

No momento, me reporto ao movimento de pessoas que iam e viam, ao meu lado na fila, a espera de Hilda Hits, que aparecia na sombra do teatro em chamas de prazeres do amor e da dor. Amor que se expressa nas beiras das pontes da cidade, e da dor de sua ausência que teima em nunca chegar.

Ao fundo escuto Elis, com sua grandiosa voz, que expressa todos os sentimentos e sentidos do mundo. Teus olhos vêm à minha frente, em um coração que chora e amargura a solidão expressas nas asas da Panair, de vidas distantes, em noites solitárias ao som do batuque a Caetanear em glorias de sentimentos, pensados e sentidos em um coração de andarilho a esmo.

O malte gelado, escorrega pela mesa, e em suas pernas em sua cor marrom, para então cair nas pedras portuguesas que cobria o local, e que reluzia sobre a noite da praça alegre, entre risos, barulhos, músicas, pessoas, e um coração que partia em dores inesgotáveis. Tristeza expressa na melodia que não parava, da radiola de ficha, entre sorrisos perdidos.

Tinha sido rejeitado na noite anterior, de uma noite vazia e de uma madrugada triste, de uma noite sem lua, que mesmo assim, teimava em nunca terminar. O sorriso dela, a visão de mundo os tinha separado. Mundos distantes que deságuam nas espumas da água do mar, que invadiam os pés sobre a areia branca, sem nenhum pudor.

- editoraletramento
- editoraletramento
- grupoletramento
- editoraletramento.com.br
- company/grupoeditorialletramento
- contato@editoraletramento.com.br

- casadodireito.com
- casadodireitoed
- casadodireito